POURQUOI

MONSIEUR LE COMTE

DE

CHAMBORD

N'A PAS RÉGNÉ SUR LA FRANCE

EDITION POPULAIRE : 25 CENTIMES

avec une préface de l'Auteur

AMIENS

IMPRIMERIE ET LIBRAIRIE GÉNÉRALES

18, Rue Saint-Fuscien, 18.

1889

AVIS DE L'AUTEUR

Beaucoup de nos lecteurs nous ont exprimé le regret de n'avoir trouvé dans notre petite brochure qu'une collection de documents relatifs aux intrigues qui ont mis obstacle à la restauration monarchique en 1873 Ils auraient désiré, nous disent-ils, y lire une histoire détaillée de ces intrigues.

Nous prions ces bienveillants critiques de vouloir se souvenir que notre intention n'a été que de répondre sommairement aux écrivains qui ont nié le complot, et de prouver son existence par des témoignages authentiques.

Avons nous atteint ce but ? Oui, si nous en croyons l'*Univers* du 23 Janvier qui rend compte en ces termes du résultat de notre étude :

« Il est encore bien des catholiques qui, insuffisamment renseignés ou timides devant une certaine opinion, croient devoir concéder que le comte de Chambord a manqué tout au moins d'énergie. Ce n'est pas le second de ces reproches qu'on peut adresser à M. Drumont ; et cependant le brillant écrivain a dirigé contre cette grande mémoire des accusations injustes. L'honneur de la cause royaliste et d'un prince héroïque exige qu'on ne laisse pas s'établir la prescription au bénéfice du préjugé.

Le complot a-t-il existé ? Peut-on croire que, de la part de certaines personnalités influentes du parti du centre, il y eut, en 1873, une volonté réfléchie et persévérante d'imposer au roi une humiliation et un abandon ? Eut-on recours à des manœuvres, et la preuve en existe-t-elle ? La courte, mais substantielle brochure de M. de Badts de Cugnac permet à tout lecteur impartial de répondre affirmativement et en connaissance de cause. Des renseignements garantis par des témoins tels que Mgr Pie, MM. de Franclieu, de la Rochette, de Foresta ; des déclarations formelles signées par le roi lui-même ; des indications provenant d'autres sources encore, il résulte qu'un plan machiavélique a été conçu et poursuivi, et qu'il avait pour but de compromettre le comte de Chambord aux yeux de la France pour s'emparer de lui. Pendant que les négociations avaient lieu, des hommes qui se disaient royalistes lançaient des bruits mensongers, inquiétaient la nation justement fière de l'absolue loyauté du prince, et manœuvraient pour l'enchaîner dans des engagements déshonorants. On peut se rappeler l'impression troublante que produisit, en octobre 1873, la nouvelle que le comte de Chambord abandonnait, pour le drapeau tricolore, la bannière à laquelle il avait maintes fois juré d'être fidèle ! Le héros de l'honneur perdait sa gloire et par là l'autorité majestueuse grâce à laquelle il obtenait l'estime et même la confiance d'adversaires républicains ; il tombait au rang des prétendants quelconques, alors que le prestige d'un honneur immaculé pouvait seul rapprocher tant d'esprits et de cœurs désunis ! La manœuvre frauduleuse, elle est avouée, dans un télégramme probant dont on a retrouvé la trace et dont le texte est donné.

La brochure de M. de Badts de Cugnac est courte, mais substantielle et concluante. Nous la signalons avec empressement aux hommes de bonne volonté, qui se souviennent de l'époque où était en jeu l'honneur du roi de France et qui ne se résignent pas à voir les coupables rejeter sur la victime la responsabilité du malheur public.

Quant à l'histoire détaillée que nos amis réclament, bien que les matériaux en soient tout prêts, nous doutons que le moment soit venu de la publier.

Le 26 juillet 1879, M. le Comte de Chambord écrivait au Marquis de Foresta : « Je me réserve de faire, quand il me plaira, une lumière totale sur les événements de 1873, et de montrer au pays qui attendait un roi, comment les intrigues de la politique avaient résolu de lui donner un maire du palais. »

Le noble prince jugeait donc inopportun de faire trop

tôt la lumière sur cette lamentable histoire. Quelques écrivains depuis la mort du roi ont tenté l'entreprise mais il
semble que la Providence ait voulu intervenir chaque fois
pour les en empêcher. Le dernier qui l'ait essayé, tombait
comme foudroyé le 27 juillet 1885 « emporté en une heure
par une congestion cérébrale, dans le château où le roi
était mort empoisonné en 1883 (1). »

Le moment ne semble donc pas encore venu de faire
comparaître au tribunal de l'histoire et de l'opinion publique les chefs et les fauteurs de la conjuration. Aussi
bien, les merveilleux résultats de leur habile politique
doivent suffire à leur châtiment. Le soi disant parti conservateur, trainé par eux derrière le plumet rouge d'un aven-
turier sans principes, s'apprête à les rejeter de son sein.
De toutes parts des cris de révolte éclatent dans les batail-
lons épars, disloqués, découragés de ce parti. Les habiles
ont semé le vent, ils récolteront la tempête. Laissons
passer la justice de Dieu !

(1) Revue catholique des institutions et du droit, juillet 1888, p. 94.

POURQUOI

M. LE COMTE DE CHAMBORD

n'a pas régné sur la France

———

Quelques pamphlétaires semblent, depuis quelque temps, avoir pris à tâche d'attaquer la mémoire de M. le comte de Chambord. Ils veulent faire peser sur ce noble prince la responsabilité de nos malheurs. Ils l'accusent d'avoir pu sauver la France et de ne l'avoir pas voulu, soit par une inexcusable timidité, soit par une méconnaissance aveugle des droits et des aspirations modernes, soit par un puéril attachement à des symboles, à des idées surannées. L'histoire répondra sans doute à ces réquisitoires. Elle fera le jour sur cette question. Déjà l'*Univers* à victorieusemet réfuté les mémoires de M. de Falloux et, bien que le vaillant journal ait aussi fait justice des appréciations erronées de MM. de Grandlieu et Drumont, nous croyons utile de revenir à la charge et d'ajouter quelques arguments à la thèse soutenue par l'*Univers* principalement à l'égard de ceux qui, comme MM. de Grandlieu et Drumont, nient l'existence des fameuses intrigues auxquelles nous croyons devoir attribuer l'échec de la restauration monarchique.

Le premier de ces écrivains a publié dans le *Figaro* du 9 Février 1887 un article intitulé « *Le Drapeau,* » dans lequel se référant à *l'Histoire du cardinal Pie* écrite par Mgr Baunard, et à la *Vie du cardinal de Bonnechose*, que vient de publier Mgr Besson, il croit pouvoir récriminer sur « *l'injustifiable refus du drapeau tricolore* » et conclure que la tentative de restauration a échoué uniquement à cause de la couleur du drapeau, obstinément *refusé aux supplications de la France*. Les intrigues, les conditions inacceptables imposées à M. le Comte de Chambord, n'existent, selon lui, que dans l'imagination de rêveurs fanatiques.

M. Drumont dans ses pamphlets la *France juive* et la *Fin d'un monde* reproduit sous une forme différente les mêmes accusations.

Nous répondrons brièvement, à l'aide de documents sérieux, aux imputations injustes de MM. de Grandlieu et Drumont.

M. le comte de Chambord voyait dans le drapeau tricolore autre chose que la couleur. Il se souvenait que ce drapeau avait conduit Louis XVI à l'échafaud et Charles X en exil, et, comme l'illustre cardinal évêque de Poitiers, il savait que :

« Le DRAPEAU TRICOLORE, en temps que drapeau simplement politique, est IRRÉMÉDIABLEMENT RÉVOLUTIONNAIRE. Il signifie la SOUVERAINETÉ POPULAIRE, ou il ne signifie RIEN. En tant que drapeau politique et militaire à la fois, il est essentiellement et logiquement NAPOLÉONIEN, et ce n'est qu'avec le *régime dictatorial* qu'il devient *relativement* et TRÈS PRÉCAIREMENT *conservateur*. Pour les princes de Bourbon, qu'ils soient aînés ou cadets, il produira, de *nouveau*, ce qu'il *a fait* en 1830, et ce qu'il *n'a pu conjurer* en 1848.

Et comme l'opposition est bien autrement développée qu'alors, le système de *transaction* et de *faux équilibre parlementaire qu'il symbolise conduira le pouvoir à un renversement* BEAUCOUP PLUS PRÉCIPITÉ *encore que par le passé.*

MM. de Grandlieu et Drumont trouvaient sans doute très naturelle et très patriotique l'apologie déclamatoire du *drapeau chéri* de 1830 prononcée à la tribune de la Chambre, le 23 Mai 1872, par M. le duc d'Aumale. En conséquence, ils trouvent *injustifiable* la résolution prise par M. le comte de Chambord de maintenir fermement le glorieux drapeau de la vieille monarchie française, sous les plis duquel trente-deux princes de la maison Bourbon sont morts en combattant les ennemis de la France. C'est très logique !

Mgr Pie disait à ce propos :

Pour ma part, j'estime que *nul de nous n'a le droit d'exiger du roi*, si résigné qu'il puisse être à tous les sacrifices pour nous sortir de l'abîme, qu'il se jette dans un courant où il a la certitude de se noyer avec nous. C'est trop demander au sauveteur qu'il *veuille bien s'attacher au cou la pierre qui a entraîné les meilleurs nageurs au fond de l'eau.*

Voilà la raison pour laquelle M. le comte de Chambord a repoussé le drapeau de la révolution. Voilà pourquoi il écrivait à M. Chesnelong : « Je veux rester tout entier ce que je suis ; amoindri aujourd'hui, je serais impuissant demain. » « On me demande écrivait-il encore le 27 Octobre 1873, on me demande aujourd'hui le sacrifice de mon honneur... Les prétentions de la veille me donnent la mesure des exigences du lendemain, et je ne puis consentir à inaugurer un régime réparateur et fort par un acte de faiblesse. »

Mgr Pie comprenait, lui, quel motif de profonde sagesse politique guidait le prince et motivait son refus, et il le signalait en ces termes à Mgr Mercurelli :

Si la monarchie s'était faite dans les *conditions arrangées par le libéralisme*, notre DERNIÈRE RESSOURCE *religieuse et nationale était perdue ;* il est clair que le *roi n'aurait pas duré six mois*, et n'aurait rien pu faire de bon pendant ce très court règne. *Il avait contre lui*, outre toutes les fractions de la gauche et du bonapartisme, *la plus grande partie de la droite embrigadée par les* CHEFS *dont il n'eût pas voulu pour* MINISTRES.

M. de Grandlieu demande où sont les conditions inacceptables que des meneurs voulaient imposer au roi ? Il nous semble que le drapeau était par lui-même une condition passablement inacceptable, et M. le comte de Chambord avait raison de dire : « Les prétentions de la veille me donnent la mesure des exigences du lendemain, » car les meneurs comptaient faire passer bien des choses sous les plis du drapeau chéri.

Où sont les fameuses intrigues ? demande encore M. de Grandlieu, et il cite le nom de M. le duc de Broglie comme celui d'un des plus dévoués promoteurs du mouvement monarchique. Mais n'est-ce pas le journal même du duc de Broglie, le *Courrier de France*, qui, le 7 novembre 1872, déclarait M. le comte de Chambord *impossible ?*

La correspondance parisienne du *Journal de Bruxelles* (juillet 1873) raconte ce trait :

« Avant de partir pour Frohsdorf, le chef de la

maison d'Orléans eut le tort de faire part de son projet
à M. de Broglie. Celui-ci reçut fort mal le comte de
Paris, lui dit qu'il ne serait pas suivi par son parti, et
que le parti orléaniste était bien décidé, le cas échéant,
à se rallier à la république conservatrice. »

Où sont les intrigues ? Demendez-le à ces politiques
qui, selon l'expression de M. Louis Teste dans le *Paris-Journal*, voulaient ramener à Paris le roi *pieds et
poings liés*. « Nous le *ficellerons comme un saucisson*
aurait dit le duc Pasquier et il ne pourra pas bouger. »

« Nous prouverons, disait l'*Union* du 7 Décembre,
que les chefs du centre droit n'ont pas cessé un instant
de conspirer contre le roi, alors qu'ils prétendaient travailler à sa restauration.

« Suivant l'expression d'un personnage dont l'influence n'a pas été étrangère à leur politique « ils ont
voulu mettre le roi au pied du mur, comme on accule-
rait un ennemi dans une impasse. »

Dans l'*Univers* du 28 Février 1875, M. le comte de
la Tour de Pin accuse le centre droit d'avoir soulevé la
question du drapeau exprès pour que le comte de Chambord fit une déclaration qu'on pût exploiter contre lui.

A ces témoignages viennent s'ajouter ceux de M. le
vicomte d'Haussonville lui-même, affirmant que: « C'est
le refus du centre droit tout entier de céder sur la question du drapeau et des garanties constitutionnelles qui
a empêché le rétablissement de la monarchie. » Et il
ajoute que : C'est là un fait historique (1) : de M. le
Marquis de Franclieu qui accuse : « l'école doctrinaire
d'avoir barré le passage à la royauté, au moment où la
France s'apprêtait à l'acclamer, sous le vain prétexte

(1) Univers 24 mars 1876.

d'un drapeau, parce que le roi se refusait à laisser porter atteinte au dépôt sacré de l'autorité dont il doit compte à Dieu, qui le lui a confié, et à son pays qui ne peut pas s'en passer (1) : de M. E. de la Rochette, chef de la droite, qui renouvelle les mêmes accusations (2).

Où sont les intrigues? Un homme, un diplomate en position de connaître aussi bien et mieux que Mgr de Bonnechose ce qui se tramait dans les coulisses du parlementarisme, a laissé sur ce point un document accusateur. Le comte d'Arnim, ambassadeur d'Allemagne à Paris, adressait le 8 Juin 1873, à l'empereur Guillaume une lettre confidentielle, lui annonçant ce qui devait arriver au mois de Novembre suivant : « Une *intrigue orléaniste*, disait-il, s'ourdit pour faire échouer la fusion et écarter le comte de Chambord... Un projet de constitution doit être présenté qui conserve le drapeau tricolore, et qui sera donc inacceptable pour Henri V.

La preuve des intrigues de l'orléanisme contre la restauration monarchique résulte encore plus clairement des documents qui suivent. Ce sont d'abord quelques paroles prononcées par le marquis de Foresta au banquet des royalistes de Marseille (juillet 1879), paroles auxquelles fait allusion la lettre de M. le comte de Chambord que nous citons ensuite.

«... Ici, dit le marquis de Foresta, permettez-moi de protester contre une opinion trop généralement répandue, véritable calomnie inventée sans doute et propagée par nos adversaires, mais qu'un certain nombre de royalistes, je le dis avec regret, semblent avoir prise au

---

(1) Lettres à ses électeurs 11 et 17 août 1874.
(2) Lettres à M. Callet, 20 septembre 2-7-13-20 octobre 1875.

sérieux. Je ne parle pas, bien entendu, des royalistes qui m'écoutent.

« Monseigneur, dit-on, ne se soucie point de re-
« monter sur le trône de ses pères, et la preuve, c'est
« qu'il a laissé échapper de magnifiques occasions qui
« ne se représenteront jamais. »

Messieurs, je ne puis faire ici un cours d'histoire contemporaine ; mais il m'a été donné de connaître bien des détails généralement ignorés ; *et je dois vous dire que ces belles occasions, dont on parle tant, cachaient en réalité un piège.*

Si le roi n'est point revenu, c'est que l'on exigeait de lui des engagements incompatibles avec son honneur ; c'est qu'on prétendait lui imposer un mode de gouvernement avec lequel il n'aurait pu travailler efficacement au relèvement de la France. D'ailleurs, Monseigneur l'a dit : « On n'abdique pas un devoir. »

Repoussons donc hautement et en toute occasion une calomnie que l'on comprend dans la bouche de nos adversaires, mais dont il serait indigne d'un royaliste de se rendre l'écho. »

Voici la lettre de M. le comte de Chambord à M. le marquis de Foresta :

Frohsdorf, 26 juillet 1879.

Vous me connaissez trop pour ne pas vous rendre compte de mon émotion à la lecture de l'Adresse des fidèles Marseillais.

Je viens de recevoir le récit de vos fêtes : j'ai tout vu, tout examiné par moi-même, rien ne m'a échappé, pas une ligne, pas un nom, et je ne sais quelles actions de grâces rendre à la Providence, qui a permis ce réveil des cœurs et des âmes, et suscité ces généreux élans qui m'apportent de tous les points de la France les plus nobles protestations contre l'oppression des consciences et l'anéantissement de nos plus chères libertés.

Je n'ai qu'un regret, au milieu de si grandes consolations, c'est de ne pouvoir faire parvenir, comme je voudrais, partout et à tous l'expression de ma reconnaissance.

Mais je tiens à vous remercier tout spécialement d'un passage de votre discours qui m'a été au cœur.

Vous avez, dans une allusion pleine de franchise à notre histoire contemporaine, fait justice comme il convient de ce propos injurieux qui, grâce à la perfidie des uns et à la crédulité des autres, avait trop longtemps égaré l'opinion.

On a répété à satiété que j'avais repoussé volontairement une occasion merveilleuse de remonter sur le trône de mes pères.

Je me réserve de faire, quand il me plaira, une lumière totale sur les évènements de 1873, mais encore une fois, je vous remercie d'avoir protesté avec l'indignation que mérite un pareil soupçon.

Vous auriez pu ajouter, parce que cela est vrai, que le retour de la monarchie traditionnelle correspondait aux aspirations du plus grand nombre ; que l'ouvrier, l'artisan, le laboureur, entrevoyaient avec raison ces paisibles jouissances de vie laborieuse dont, sous la paternelle autorité d'un chef de famille, tant de générations dans le passé ont connu les douceurs.

Qu'en un mot, le pays attendait un roi de France, mais que les intrigues de la politique avaient résolu de lui donner un maire du palais.

Si devant l'Europe attentive, au lendemain de désastres et de revers sans nom, j'ai montré plus de souci de la dignité royale et de la grandeur de ma mission, c'est, vous le savez bien, pour rester fidèle à mon serment de n'être jamais le roi d'une faction ou d'un parti.

Non ! je n'accepterai point la tutelle des hommes de fiction
et d'utopie, mais je ne cesserai de faire appel au concours de
tous les honnêtes gens et, comme vous l'avez admirablement
dit : « Armé de cette force et avec la grâce de Dieu, » je puis
sauver la France, je le dois et je le veux.

Comptez, cher de Foresta, sur ma vive et constante affec-
tion.

HENRI.

Enfin, M. le comte de Chambord dénonce de nouveau
ces *intrigues*, dans la lettre qu'il écrivit à M. Eugène
Veuillot, à l'occasion de la mort de son frère.
Voici ce document :

« Goritz. 23 avril 1883.

« Un chrétien comme votre frère, Monsieur, ne pouvait
mourir, après une lutte d'un demi-siècle pour Dieu et le
triomphe de son Eglise, sans que je prisse part à l'émotion
de tous les vrais catholiques. Le marquis de Dreux-Brézé, en
vous portant l'expression de ma sincère condoléance, n'a été
que le fidèle interprète de mes regrets et de ma gratitude.
Je dis ma gratitude, parce que du jour où cet esprit si élevé,
aussi inaccessible aux calculs de l'ambition qu'aux lâchetés
du respect humain, éclairé par les leçons de l'expérience et
guidé par la droiture de sa raison, fut saisi de la vérité politique comme il avait été saisi de la vérité religieuse, de ce
jour il a été le plus vaillant auxiliaire de la monarchie traditionnelle, dont la nécessité n'est jamais mieux démontrée qu'à
l'heure où nous sommes, à l'heure des derniers abaissements
et des suprêmes humiliations. Devant les persécutions ac-
complies et celles qui se préparent, comme il aurait flétri les
crimes sociaux qui se succèdent si rapidement dans notre

France, en appelant sur elle les plus redoutables châtiments !

« Après avoir tenté d'arracher au père de famille l'âme de son enfant, l'athéisme triomphant n'a-t-il pas la prétention de s'installer au chevet de l'ouvrier chrétien, sur son lit d'hôpital, pour en interdire l'accès au véritable consolateur et à l'unique ami? Avec quelle éloquence Louis Veuillot eût dénoncé à la conscience publique la suppression des aumôniers dans les hospices, suivant de si près l'expulsion des héroïques filles de la charité !

« Je ne puis oublier non plus sa chaleureuse adhésion donnée à ma parole dans toutes les circonstances où j'ai cru devoir élever la voix devant mon pays. Spécialement en 1873, alors que nous touchions au port, *quand les intrigues d'une politique moins soucieuse de correspondre aux vraies aspirations de la France que d'assurer le succès de combinaisons de parti*, m'obligèrent à dissiper les équivoques en brisant les liens destinés à me réduire à l'impuissance d'un souverain désarmé, nul autre ne sut pénétrer plus avant dans ma pensée, ni mieux donner à ma protestation son véritable sens.

« J'étais donc bien fondé à vous parler de ma gratitude, qui s'étend, n'en doutez pas, à tous ses collaborateurs, en commençant par vous, le plus intimement associé à ses rudes combats. Puissent les témoignages de sympathie qui vous arrivent de toutes parts, être une consolation pour la digne sœur qui a tenu une si grande place dans la vie de celui que vous pleurez, pour ses filles, pour le gendre dont Louis Veuillot était avec tant de raison si fier, pour ses neveux, pour tous les vôtres. Soyez mon interprète auprès d'eux tous, et comptez sur mes sentiments bien sincères.

« HENRI. »

Ces témoignages de celui qui, mieux que personne, connaissait les dessous de la politique et la mesure des exigences des politiciens qui voulaient faire de lui le roi de la révolution, suffisent pour prouver irréfutablement l'existence de ces intrigues que l'on voudrait en vain nier aujourd'hui.

Il nous reste toutefois, avant de terminer ce court mémoire justificatif, à citer un dernier document publié par un membre éminent du clergé de Poitiers : « Je reçois, dit-il, d'un religieux bien connu dans le monde des études historiques, la curieuse lettre suivante :

« Fin septembre 1873, je me trouvais à Paris, au moment où les négociations avec le comte de Chambord semblaient devoir aboutir. Un soir, par une bienveillance excessive qu'il continue de me montrer, Mgr Chigi, alors nonce m'avait invité à dîner, en compagnie de Mgr Desprez, archevêque de Toulouse, de Louis Veuillot et du Supérieur général des Pères du Saint-Esprit. Après dîner, au salon, la conversation tomba naturellement sur la situation politique.

« Comme plusieurs d'entre nous exprimaient l'espoir que le prochain rétablissement de la monarchie chrétienne allait enfin régénérer la France. Mgr Chigi nous interrompit avec tristesse : « Hélas ! dit-il, l'union espérée et même déclarée n'est qu'un leurre, ne reposant que sur l'équivoque et le mensonge. Il est bien à croire que le comte de Chambord voit le piège qu'on lui tend et qu'il va briser les liens dont on veut l'enlacer. » De retour à mon abbaye, quelques jours après, je racontai à mes Frères la réponse du Nonce et les libérales et impudentes machinations de la commission des 9. Comme mes Frères se montraient incrédules, survint le P. M*** des Frères prêcheurs. Il arrivait de Genève, où il avait vu un personnage très au courant

des intrigues et des dessous de cartes, qui lui avait dit
que le comte de Chambord, blessé des indiscrétions et
des menées du parti libéral, menaçait de tout briser.

« Sur ces entrefaites, je passai par Angers, où je
m'abouchai avec M. Raimbault, alors chef de gare,
homme d'une intelligence égale à sa foi catholique,
et je confiai à cet ami de cœur mes nouvelles
et mes inquiétudes. « J'ai la preuve qu'elles ne sont
que trop fondées, me répondit-il confidentiellement,
car je viens de passer un télégramme de M. de Cumont
à son ami M. de Falloux, ainsi conçu : « Nous le te-
nons ! »

De plus, je tiens d'une source sûre que M. de Falloux aurait dit : « Ou le comte de Chambord acceptera
nos conditions, ou il les rejettera : dans le premier cas
nous le forcerons bien à emboîter notre pas; dans le
second, nous l'accuserons publiquement d'avoir trahi
son devoir et son pays. »

« J'atteste tout ce que dessus être conforme à la
vérité. »

Telle fut la tactique *loyale* des chefs du parti royaliste parlementaire, et l'*Univers* du 9 novembre 1888,
réfutant les attaques de M. Drumont contre M. le
comte de Chambord, a mille fois raison de dire : « Ces
faits, tout le monde les a connus et que d'intrigues
aggravantes s'y sont mêlées ! » Et M. Veuillot ajoute :

Avant de reprocher au petit-fils de Charles X de n'a-
voir pas su prendre en 1871 la revanche de 1830,
M. Edouard Drumont, si pénétrant d'ordinaire, aurait
dû examiner la situation politique de plus près. Le
chemin était-il alors aussi libre qu'il paraissait l'être?
Le roi n'avait-il qu'à se montrer pour être le maître?
En dehors d'un petit, très petit groupe tout à fait dé-

voué et peu confiant, sur qui pouvait-il compter ? Il
avait contre lui, dans le parti de l'ordre, d'abord M. Thiers
dont l'influence était presque sans bornes, puis tous
les orléanistes et tous les libéraux ou républicains mo-
dérés ralliés à la monarchie pourvu qu'elle fût parlementaire. Quant aux royalistes de vieille date, les trois
quarts peut-être étaient infectés de parlementarisme.
Ils auraient plus volontiers suivi M. de Falloux que le
roi, et, dans tous les cas, dociles aux conseils de
M. Thiers, ils n'admettaient pas que le trône pût être
repris par un coup d'audace ; ils voulaient un vote de
l'Assemblée. Baste ! répondra M. Drumont, le roi, par un
acte de vigoureuse initiative, aurait pu rompre tous ces
misérables rets.

En êtes-vous bien sûr ? Et pourquoi n'avoir pas, tout
au moins, émis cette hypothèse en termes que chacun
pût accepter ? Si M. Drumont objecte que les lignes dont
on s'arme contre lui sont, au fond, bien moins outra-
geantes pour le comte de Chambord que de nombreuses
pages des Mémoires du comte de Falloux, au sujet des-
quelles le parti royaliste n'a pas réclamé, il dira vrai ;
mais il ne prouvera pas qu'il ait eu raison de prendre
le ton qu'il a pris. »

Il résulte de ce que nous venons de dire et de citer
cette conclusion, que si M. le comte de Chambord n'a
pas régné sur la France, ce n'est pas à lui qu'il faut en
attribuer la faute. Elle retombe tout entière sur ceux
qui, par leurs intrigues, par leurs prétentions inacceptables, ont ruiné nos espérances de restauration
monarchique et rejeté la France aux abîmes.

ALB. DE BADTS DE CUGNAC.

Amiens. — Imprimerie Générale, rue Saint-Fuscien, 18.

www.ingramcontent.com/pod-product-compliance
Lightning Source LLC
Chambersburg PA
CBHW061415170626
46811CB00005B/2003